당분간 사과

박현주 시집

당분간 사과

달아실시선
89

달아실

보조 용언과 합성 명사의 띄어쓰기 등 본문의 맞춤법은 시인의 의도에
따른 것임.

그곳에는 손도 대지 못한 문장이 가득해

육체의 무덤에 갇힌 나를 이끌고
마음껏 가기를

2025년 3월
박현주

차례

당분간 사과

2부

4부

1부

언니들에게

브래지어를 벗어던지며
우린 웃음을 터트린다 남해의 끝 방에서
문을 잠그고

가슴으로부터 자라 바다 쪽으로 간절히 열리는 문이 된다
속박 없는 상류로 걸어간다
해안 절벽 위 색색의 실이 이어져 있고

곧 둥근 신전이 떠오를 것이다
여자는 피의 종족이며 끝방

태생적으로 노을이 차오른다

쌓인 녹을 털어내 가벼워진 브래지어를 지붕 위에 넌다
붉게 저민 노을이 해일처럼 밀려와
신성으로 차오르는 여자를 열어젖힌다

소리 내어 부른 적 없지만
그녀는 나보다 둥글고 붉어서 언니

올려다보아야만 보이는 나의 언니

양배춧국이 놓인 저녁
차차차 리듬에 맞춰 양팔을 높이 들고 보름달을 부른다
바다를 덮는 춤으로

왼뿔의 유방 속 여린 동물을
버리고 간다
오랜 우리의 언니들에게

식물 채집하는 여자

이 이야기는 꺼진 불씨를 들고
빙하를 건너는 여자에 관한 것

속 붉은 열매의 즙을 받을 때만 잠깐 발그레해지는
네 무덤에 돋은 풀의 목소리이자 나의 은유

푸른 피로 쓴 페이지들을
펼치면 떨어져 나간 가슴을 가진 유리나방이 달아나곤
했어

등과 배가 붙은 몸을 일으킨
잎맥만 도드라진 목소리 한 장

이야기 마지막 부분은 텅 빈 백색

얼음 박힌 흔적들
나는 귀를 막고 솟아오르는 빙벽을 만나지

극야를 치받던 뿔

순록의 발굽은 어디로 걸어갔을까

부디, 지금 있는 곳에서 넌 허벅지가 굵은 영혼이면 좋
겠어

그때는 우리 단단한 얼굴로 만나자

이웃

떠나보낼 것들이 생긴다
주인을 잃은 물건, 옷가지들, 생전의 인연

벚꽃은 나를 위로하거나 개의 성질을 바꿔놓을 생각이
없다
잠시 머물다 허공을 떠난다

봄이 소요하는 것을 본다

그녀와 함께 벚꽃을 맞고 이미 져버린 가슴 언저리
꽃철의 통점을 어루만지다 돌아오겠지만

발톱으로 대문을 긁는
개는 강아지로 되돌아갈 수 없다
달려든들 기껏 발바닥에 묻은 꽃잎을 떼어낼 수 있을 뿐

바닥 돌 사이를 구르는 벚꽃이 서성인다

죽음은 요와 침대와 병든 개를 남기는 것

그녀가 오르다 만 간이 계단을 치운다
꽃잎 몇 장 얹힌 들것에 대해 함구한 채

개를 맡아줄 수 있나요

아침이 햇볕에게 창가를 맡기듯

자몽허니블랙티

손님이 떠나자 소독제로 테이블을 닦는다

깨끗한 게 뭘까
닦아내는 손끝을 본다

테이블 위는 아이스 음료를 담은 유리잔
나도 놓치면 깨지는 그릇

자몽허니블랙티를 마신다
타들어가는 혀의 질량을 재는 컵이 된다

알고도 모르는 맛이다

접시 위에 놓인 오늘 아침도 그런 것

상한 팔이 내어준 상한 마음으로 고양이에게
달아날 앞발을 달아준다

조금 나를 지워 귓바퀴가 흰 사람이 되겠다

둥글게 모인 정화조를 둘러싼 작은 울타리가 되면 좋겠고

금 간 몇 개의 병을 치울 때
시든 손가락도 힘이 세진다

몬스테라의 불가피한 세계

죽은 나무를 지나자
다 아시다시피 겨울이 왔다

어둠으로 내려가는 데에도
단계적 도움이 필요하다

흐린 날에도 잘 지내는 증거로 두부조림을 하고
갈라진 잎을 지키려 애쓴다

뒤늦게 나는 잎들에게
빛과 공기를 선사하려던 선의는
결국 구멍 숭숭

관엽식물의 불가피한 세계에 대해서라면
나를 비워두는 구석이 많아야 한다

떨어지는 잎을 붙잡고 파도에 순식간 몸을 던진다

빛 속을 걸어도 불확실

사라지는 꿈을 놓지 않으려

물속에서도 걷고 있다

팔짱 끼기

이봐요, 오늘 나는 금능길 44를 걸어
얼룩진 하늘이 예고된 표지를 넘길 겁니다

오늘의 탈락을 전하고
끝 모를 해변을 서걱이죠

야자나무 끝에 목선을 띄우고
밤을 낮으로 낮을 밤으로 출렁입니다

달궈진 검은 모래 해변에
식어버린 팔과 다리를 묻습니다

심어두지 않으면
달아날 것 같아

파란 하늘을 표지로
병이 창궐한 마을의
뜨거운 팔짱에

내일도 잡혀갑니다

민어가 온다

젖은 몸이 번뜩인다고
했다 보름달이 뜨면

고로와 냉각수를 오가는 칼처럼 운다고
했다 마침내 한 자루의 날랜 빛이 된다고

그들은 조류를 타고
만 리 길을 돌아올 거라 했다
달이 뜨는 순간 수직으로 뛰어올라
물속으로 달을 물고 들 거대한 원시의 아가리

어부들이 죄다 몰려든 바다엔
파도의 모서리를 더듬는 손끝으로 가득하고
바다는 온몸을 바르르, 요동친다

오래도록 훔쳐보다 눈 코 입 다 지운
몽돌들이 온몸으로 구르며 울고

흰 거품의 파도

민어다

사실 민어는 태양이 놓아기르는 그림자
뚫어져라 태양을 노려보면 그 겨드랑이 안쪽
아가미의 흔적이 남아 있다

비명이 빠져나간 바다는
비린내가 나는 쪽부터 새벽

그런 날의 태양은 느지막이 떠서
한나절
지느러미가 뜨겁고

히로시마

믿기지 않아요 이곳은

하늘에는 섬광
거대한 숟가락으로 떠낸 것 같은 무수한 물웅덩이

물이 불어 잠기는 악몽 속으로
공원이 생겨나고

강에는 입이 큰 잉어가 흐름을 따라 흐릅니다

아침햇살은 이곳에서도 따듯합니다

잠시 머무는 나의 집은
양편의 강을 향해 안녕, 안녕

도개교 아래를 지나는
작은 배 밑의 엔진을 봅니다

그곳에도 영혼이 있나요

강물 위에 떠 있는 시대를
읽는 일은 결코 허락되지 않아

모를 내일이 흘러갑니다

검고 푸른 바다에서 만나는 것들이
모두 물고기입니까

믿었던 것들을 믿지 않아요 이곳은

생일

초점이 흐린 사진은 더 화목하다

우리는 올해에 특별한 이름을 붙인다
촛불 위에 더한 뜨거운 입김
양미간은 좁혀진다

케잌은 촛농처럼 눈물의 키를 재지 않아
입술을 모아 주름을 만든다

양복 주머니에도 손목에도
최신 주름을 만들어
하나 둘 셋
기념사진을 찍는다

조금 더 작아진 눈으로
사진 안에 들어오지 못한 관객을 의식하며
약간 뻐딱한 어깨

축송은

숲속 멀리까지 퍼져
되돌아온다

귤밭 집

자귀나무 그늘에서 오래전 주신 메모를 읽습니다

귤밭 한가운데
그 집은 뙤약볕 지나 그늘 안이었지요

작고 단단한 미색
이제 막 꽃이 된 여름을 건네주며
세상 밖 어떤 미래를 당신은 내걸었던 걸까요

페이지를 넘길 때마다
넘길 수 없는 한 사람의 내면, 그 깊고 어두운 밤을

얼굴을 보여주지 않던 생애를 생각합니다
그리고 콜타르,

작은 건물 속에서
일생을 다해 겨루었을 밤은 어떻게 흘러갔을까요

선생님, 우리는

무얼 모르고 무얼 알고 있는 걸까요
위중하시다는 얘기를 들었고
여기 멈춰 있습니다

우리를 바꾸어놓지 못하는 이팝나무꽃들이
눈처럼 떨어집니다
때를 놓치는 제 발등 위에서 나풀거리다
발밑으로 사라집니다

선생님은 쾌유하셔서 또 다른 밤을 건너가
심해어가 사는 검은 바닷속 간신히 견디는 요동搖動

물고기가 바라본 하늘을
기록해주시기 바랍니다

저는 꽃보다 더한 형식을 믿은 혀를 삼키겠습니다

저지대 1

자기를 따르면 안 된다고 가르친다

누구도 같지 않기를 자기만의 문장이 있음을 이해시키려 한다 다그침 없이 각자 길을 가도록 가다가 멈추도록 멈추다가 생각나면 다시 시작하도록

그의 화법은 날마다 싱싱해져서 누구도 소외시키지 않는다 누락은 온당한 폭력처럼 사람을 다치게 하는 말 남자의 머리숱과 여자의 이마를 가진

그는 갈수록 힘이 세진다

난해한 그를 표현할 문장이란 없다 뒷모습을 읽을 수 있을 뿐 리듬을 따라갈 뿐 고개를 숙인 그는 이길 수 없는 상대가 된다

버티는 여기를 말하며 죽음을 앞당기며

방법이 없다는 걸 안다 어딘지 모르고 어디로든 가는

그는 이곳을 너무 소홀히 한다

가장자리

몇 번이나 물어봤어요
무릎과 손가락에 대한 얘기였어요
아니 혼자 지내야 하는 방에 대한 얘기였죠

결국 밤이었어요
창이 없는 컨테이너였죠
이부자리 보자기로 냉동고 쪽으로 난 상부를 가렸어요
가짜 창문이 생겨났어요

낮에 딴 딸기를 그림으로 벽을 채워갔어요
빨간 과육 위에 검은 점을 촘촘히 그려 넣었죠
오독오독 씹히는 건 이빨이고요
빨간 건 부푼 잇몸이고요

벽은 딸기로 꽉 찼어요
첫날은 어떻게 지나갔는지 기억도 나지 않아요

뒤집으려 해도 금방 마지막 날로 가고요
정말 올지 모를 마지막은

얼마나 또 처음 같을지

물컵의 가장자리가 말라갑니다 흰 테가 그려졌지요
보이지도 않는 공기가 일을 하네요

중요한 걸 가지고 달아나면서도 아무렇지 않은 척
사실 대부분은 그래요

두 다리를 머리 위로 높이 듭니다
아래로 피가 쏠리면 조금 가벼워졌다 생각되죠
생각으로 잠은 지워지고 낮은 만들어져요

가장 하고 싶은 말이 또 나를 속일 겁니다

코끼리의 말

그렇게 왔구나, 나는

나를 캔다 조용히, 뼛속으로 스미고 싶은
멀리 가 사라지려 가라앉으려 나의 조성을 살핀다
허용하며 허용하지 않으며
나를 저어 섞는다

섞이는, 섞이지 않는 것들이 나를 일으켜
밤 공원을 걷는다
진한 화장을 한 여자아이들의 거친 말 속에
나를 밀어 넣고

스쳐 지나간 개가 무서워
마주친 나인 것처럼 걷는다

나의 성대는 언제 말을 하나

아무 때나 짖고 아무 데나 토하고 아무렇게나 주저앉아
목줄을 당겨도 버틴다

어디로 가려는지
아무 문이나 들여다보는 나를 캔다
한 떼의 까마귀를 맞이하느라 휘는 가지

캔 것이
내가 아닐 때까지

유일하게 불 밝힌 살롱 드 네일샵에 들어가
나는 내가 아니라고 말할 수 있을 때까지

건물을 낳는 건물의 말을 알아듣고 싶어

이것과
이것이 아닌 것들이
어지러이 헤쳐 모일 때
나라는 태반이 잠길 때까지 캔다

와사비 토마토 계란이 미치는 영향

귀 없는 둥근 빵
건넌다,는 말을 꺼내놓으려 발가락을 오므린다

어떤 미래로 가는지
토마토 와사비 계란이 어떤 메뉴를 만들지 알지 못해
어느 장면에선 주어진 대로 웃는다

약속으로 출발하면
뜻밖의 이별이 시작되고
나와 커피가 그녀를 달래기 위해 탁자에 오른다

딱딱해지는 버릇을 아는 요리사는
고원의 맛으로 이곳을 표현할 줄 알고
재질이 다른 재료들을 늘여놓을 줄 알아

머리카락이 자라 밖을 내다볼 수 있게 되면
모두 내가 모르는 곳으로 떠난다

2부

우희

우희가 운다. 눈물 안에 갇혀 운다. 눈썹 밖으로 흘러내리는 눈물. 볼을 타고 살을 트게 하는. 푸른 레시피 검은 마스카라. 긴 새 다리로 건물 후면 그늘을 따라 운다.

우희의 눈물이 우희의 눈물을 위해 운다. 눈 안쪽 검은 숲이 타들어가도 꺼지지 않는다. 비가를 부르며 삼키는 눈물. 밖으로 나서지 못하는 눈물. 얼굴을 뒤로 보내고 돌아가는 우희. 우희 안에 흐르다 우희 안으로 스민 눈물.

축축한 우희를 들어올리면 똑똑 떨어지는 방울방울. 슬프고 슬퍼 깊은 우희. 우희의 눈물은 언제까지 우희만의 눈물.

봄 제작사

한 번에 백 번의 키스가 가능한 사랑을 하고 싶은
벤치였어요

손가락을 지져 환영을 일으키는 일에 목숨 걸었죠

창틀 두께만큼의 재가 입술에서 무너집니다

누군가의 연인이었을지도 모를 벤치가
가던 길을 막고 내게 담배를 구한 적 있는데

붙든 걸 놓칠까 울던 손목은 이제 보이지 않아요

눈길 외에 건넨 게 없어

봄을 떠난 벤치에
갈 데 없는 소년이 기다리고 있어요

비새는

새가 울어요
밤새 멱살을 잡아 흔들어요

비새라고 하던데요
허리를 굽혀 나를 엎지르고 주워 담기를 반복합니다

휘파람을 불고 울음으로 답하는,
여기선 비새라네요

중요한 걸 잃어버린 얼굴로
눈썹까지 모자를 눌러쓰고 붉은 즙을 끌어모으며
새벽은 한낮에 엉겨 붙고

뒷문으로 나오는 핼쑥한 얼굴 중엔
나도 있고요
촛대처럼 모은 손바닥이
노란 수선화를 피웠대도 좋아요

서툰 줄기에서 열리는

열매를 벗어나기 위해

새가 울어요
비새라네요

당분간 사과

흠과는 차곡차곡 쌓이고

늦여름 사과나무
시달릴수록

무너진다 사과에 이르는 통로가 생긴다

사과를 줍는 일은 묻어둔 땅을 도려내는 일
지친 손가락이 사과를 앓는다

둥근 것들의 세계 안쪽
거친 흠집에서 꽃다발 같은 순간을 수거한다

시선과 손바닥 사이
시고 단 바닥의 결심을 닦아낼 시간도 없이

나는 서 있다 깊은 골짜기와 높은 산이 생겨나
내 안으로 쏟아지고

이걸 생활이라 부른다,
바닥에 떨어진 사과와 나

공중

잘린 잎이 물속에서 잠을 잘 뿐
병 속은 아무 조짐이 없다

어떤 믿음은 위험한 신념

물꽂이한 다른 식물처럼
실 같은 뿌리가 나올 수 있다고 믿는

마음이 키운 세미한 발을 내릴 수 있다고
믿고

믿어주는 밤 속에서

아래로 쏟아내는 잎과 줄기

풍선 부는 특기로 한 뼘 공중을 넓혀가느라
거꾸로 매달린 적도
공중으로 뛰쳐나간 적도

붙잡고 있는 게 뭔지 몰라
어떤 이름은 박쥐

오픈 헤어

밤새 불러보던 풀의 이름을
첫 손님의 머리카락에서 잘라낸다

숏컷의 머리를 만지는 손님에게
짧은 머리가 젊어 보인다는 말을
섬 바람처럼 건넨다

블랙블루 검고도 푸른 파도를 뒤척이며
가위의 양날에 선 엄지와 검지가
풀자리에 가 닿는다
스러진 풀을 남자의 입술에 대자
풀의 이름이 마른다

섬 섬 섬

낮은 쥐똥나무 가로수를 손으로 쓸어간다
손바닥이 축축해진다
발그레한 볼

머리카락이 바다로 떨어진다
파도가 사방 벽을 넘실거릴 때
귓불에 파도를 숨기고
이름을 부른다

섬오이풀 섬딸기 섬기린초

물고기 울음

새벽의 변기는 당신 닮았어
반짝이는 뒷모습

어느 날은 모래 언덕
어느 날은 높낮이가 다른 계단
밤마다 다른 문 앞에 서 있었지

당신이 아니라면 한번 잡아보고 싶은

날개일까 어깨뼈일까

새벽 세 시, 물고기의 울음 같은 것이 지나간다
언제까지 혼자이거나
잊을 수 없는 기억

당신과의 저녁 약속을 후회하며
진한 과즙 같은 오줌을 흘려보낸다

떨어진 머리카락 하나를 집어 변기 속에 넣는다

가볍게 떠오르는 그림자

잡히지 않는 문장으로 남아 있다

트라이엄프 튤립의 사라진 점들

구근과 두근은 볼록한 말
발을 구르며 심장에 도착하는 말

무당벌레 등짝에 업혀 갔을까 비 온 다음 날
트라이엄프 튤립의 점들이 사라졌다

빗물에 불은 발가락이 자작자작
걸어갈 때

비로소 제 얼굴을 빤히 보여주던 창
순간들을 부딪치며 내던 짧은 빗소리

밤새 연주하다
마침내 하수구로 빨려들고

텅 빈, 초록이 품은
구근과 두근은 볼록한 말
뜨거운 증기를 삼키며 피어나는 비밀들

그러니까,

초록을 못 이겨 안으로 자라는 굽은 화초

서랍에 넣다

당신은 오늘 먼 곳에서 여기로 왔습니다
웃고 있는 입이 환합니다

초원 너머를 바라보는 야윈 어깨 위의 배낭
이를 드러내며 한 눈을 찡긋 감고 있는 모습 뒤로

출렁, 건천이던 곳에 물이 차오릅니다

벌판에 아름다운 꽃이 피는데
가꾸어줄 사람이 없어서 꽃이 진다, 는
아프간의 노래를 들었던 당신

당신은 지금
영원의 지도 어디에 있습니까

거친 광야의 가시엉겅퀴
그 붉고 진한 꽃 위에
당신의 피가 보입니다

광야의 흐려진 지도 위에 붉은 핏방울이
둥근 원을 그리며 모여듭니다

국화가 다알리아가 계절 없이 피는 혼돈

찰나에 고개를 떨구고
당신은 죽어 살아 있습니다

손들은 다 어디로

공터에 톱밥과 거름이 깔린 큰 사각의 뜰이 만들어졌다

그 자리에 나무 막대기 여러 개가 꽂혔다
두 해가 지나 막대기는 나무가 되었고 꽃들이 피었다

다섯 장의 꽃잎들이 빗방울을 이기며 서 있다

질문에서 답으로 천천히 옮겨간 꽃나무

마른 막대기를 꽂아두고 얼마간을 기다린 당신은
그 가지 끝에 꽃들이 핀 걸 목격한 사람

간 곳 모르는 손의 사연들을 배경으로
어디로 가야 하는지
어떻게 전해야 하는지

저무는 식탁

땅끝을 찾아가던 포도가 달궈지고 있다

긴 눈매 같은 잎을 떨구는
나무는 어디서부터 와서
여기, 아픈 가지를 늘어뜨리고 있나

한 상에 둘러앉아
여린 나물 한 접시를 먹는다

지는 해가 컨테이너 안으로 기울고
다 젖지 않은 것이 있어
밤을 지새우는 눈물

남으로부터 비가 온다
먼 데 개 짖는 소리가 지붕을 흔든다

손 마른 사람과 다리 저는 사람이
하나의 수저로 입술을 적신다

중구 순화동

끈 풀린 운동화로
서울 와서 처음 살게 된 집

아침이면 숨죽지 않은 울음으로
기찻길 벗어나 멀리 온
돌담길을 쓸었다

중앙에 오자 변두리 되어
편도선으로 나던 환절기의 서울은
사투리를 타박했다

나무 계단 오르면
긴 목 얽고 있는 옥양목 이불
쪽창이 눈부신 방 내주고
긴 겨울 도시락이 문턱에 놓이면
짧은 해가 들었다

포플린으로 시린 잇몸 가리며
깃털 뽑힌 몸으로

지금도 찾아드는

옮겨 심은 조팝나무

주인집 여자는
저수지 너머 지는 해가 아름답다고 합니다

저수지와 집의 경계 사이 돌들이 무너져
어제부터 축대를 쌓습니다

물 안에서 개구리들은 요동칩니다
물살은 밀리고 밀려오고

한 사람은 포클레인을 운전하고
한 사람은 돌 앉힐 자리를 보던 한낮도 잠깐
집은 더 고요합니다

한철이 지나도록 이곳 사람으로 섞이지 못합니다
한참이나 걸어도 부르는 소리가 없어 뒤돌아보면
가벼운 언덕도 돌아서 있습니다

오늘 저수지는 왜가리를 들이지 않겠지요

옮겨 심은 조팝나무는 둘레의 붉은 흙으로
낯선 것들을 버틸 겁니다

일몰의 모습은 남기지 않으려고요

오십 밀리 비가 예고된 내일이
어깨 사이에서 욱신거립니다

멀리 가지도 못하는 고양이들이
장화 속 우유와 함께 흙투성이 밤을 보낼 겁니다

3부

우설

누군가의 입맛은 누구의 명을 끊고
누구의 명은 악, 소리도 없이
끌탕이 되어 구멍으로 바통을 넘겨준다

가둬온 비밀이 녹여지고 태워져
간직한 봉투의 입구가 터진다
흘러 팬 위에서 끓어 넘친다
그래야 된다는 듯이
목구멍만의 일이라는 듯이

혀는 혀를 씹어 자신을 뒤적인다
길게 뽑아낸 비밀을 알아내고야 만다
죽음을 맛보는 일이라면
죽음도 마다하지 않는다

뒤집는 집게 손잡이에서 반대편의 서로에게 우정을 느
낀다
전달된 불의 온도가 그걸 말해준다

씹는다 터진다
혀는 혀를 받아들이고
뿌리까지 파고든다

폭염의 여름과 오지도 않을 겨울이

그날 나는 거품 같은 옷 몇 벌을
일 년 치 옷값으로 샀다

달맞이 달맞이
달이 환하게 뜨는 날을 기다리면, 그날
이룰 일이 이뤄진다는
한낮 달마중이라도 할 것처럼
말들의 주인이 내주는 대로 입어보고
어두운 골목을 헤맨다

단추가 생략된 외투의 허술함에
나를 빗대고 나를 받들고 나를 팽개쳐
옷 몇 벌 남는다
그게 나라고

그게 나는 아니라고
폭염의 여름과 오지도 않을 겨울이
종이백 안에서 찢어지게 싸운다
펼쳐보니 입을 건

누추한 한 사람

누운 전신거울 따라
살아갈 일과
살아간 것 사이에 영혼을 지불한 깨진 자리에
영원 속으로 들어가지 못한 몸 하나가
내장 같은 어둠에 코를 박는다

검은 보자기를 쓴 듯

잘 계시죠?

스러지는 안부에 발신인의 문자는 눈발을 뿌립니다 얼
굴을 들여놓고 발을 넣어봅니다 나는 나로 눈사람을 만
들어보거나 설원에 당신을 버려둘 수도 있습니다 비닐 저
편의 습기 찬 풀을 봅니다 흐릿하게 어른거리는 팔이나
다리를 살아 있는 가지로 기억하려 대답 없는 당신에게
돌아오라 말하는 밤

어둠은 일용할 양식입니다

나팔꽃 입술이 부푼

꽃잎처럼 뒤집히는 치마

너는 나팔꽃 부푼 입술의 벌써

가슴과 엉덩이를 키워낸 햇볕의 콧잔등

누구의 품에도 파고든 적 없는

겨드랑이 속살의 간지럼

간질이다 덮어버린 얼굴

이른 아침 겨드랑이를 들추어 잠시 자색 꽃을 보여주며

타투를 새긴 어깨 위로

붉게 붉게 새순을 내는

벌써

회양목

잠은 손가락 한 마디의 깊이

먼 곳으로 보낸 몸이 뒤척일 때
그의 수신호가 침목을 두드리며 새벽을 열고
한 움큼 기척으로 쏟아지곤 했다

환한 대낮의 입구로
그는 침목을 세며 걸어갔다

텅 텅 해머가 선로를 내려칠 때
화단에 심은 작은 회양목도 탕 탕,

나는 그의 돌 하나
굴속 깊이 던져져 비명을 지르기도 했다

누군가를 부르며
철길은 산 밖으로 돌아 나가서
난청의 희미한 노래가 되기도 했다

멈춘 기차의 맨 뒤 칸

우리는 저녁 밥상에 둘러앉아 있다

살구나무 환한 창문 때문에

지난밤은 행운이었어

유리창만 깨졌으니까

돌을 쥐고 아무도 줍지 않은 살구를 지나쳤지

바짓가랑이는 흙빛

미래는 어느 손에 들린 돌인지 고를 수 없었어

길어진 어둠이 나를 따라다니는 아침저녁

어느 때부턴가 붉은 손수건이나 과실나무 아래를 더는
얘기하지 않지

이대로 가면 되는 걸까

여전히 달려 있는 살구

나는 가끔 길을 잃고

이제는 돌을 버리고 싶어

내가 속한 살구나무의 뒤척이는 둘레

심장을 손잡이로 창문을 두드렸다고 치자

더듬으면 아직도 돌멩이가 만져진다고 하자

여전히 탐스러운 살구가 남는다

그렇게 오랫동안

냉장고를 들어내자
두 팔 든 한 사람이 거기 있었죠

얼마나 오래 머물렀을까
두 팔은 공중에서 내려오지 않아요

눈은 분명한데 입 근처가 뭉개져
말할 수 없는 입
왜 그러고 있나요 묻지 않아요

그는 오래도록 먼지와 어둠만 먹으며 지내온 사람

과즙의 붉은 물이 낭자한 식탁을 지켜봤어요
그곳에서 오래 자세를 유지했죠
냉장고를 들어내던 사람이 말했어요

그는 연기를 좋아했다고
뜨거운 열기 속에서 캄캄해지기를 갈망했다고

사람이면서
사람 아닌 사람의 모습

지워도 지워지지 않아요
냉장고를 치우고

한 사람을
얻었죠

우로보로스

바보 같은 엄마를 떠먹던 우린 수저였어요

기억은 커다란 국자였는데
노란 기름이 뜬 미역국 같은 것이었는데

둔덕 없는 도랑에 자주 빠지던
그이는 먹어도 먹어도 넘칩니다

허리춤을 풀면 치마 속 우린 무엇이든 되고 어디로든
뛰어내렸을 거예요

오죽하면 신이
빨랫감을 인 순한 동물이 도랑에 빠질까 둔덕을 쌓았겠
어요

어지럼증 따라 몸을 뒤틀던 우리는
미욱한 뱀
당신을 삼키고 우리에게 되돌아옵니다

노루발

철가방에 돌솥 네 개를 넣으면 장미아파트까지 몇 번이고 팔을 바꿔 들어야 했다 벨을 누르고 문이 열리면 노루발에 발끝을 갖다댄다 거스름돈을 내주는 손이 떨린다 돌아서 발을 떼면 쾅, 최루탄 연기와 돌솥밥이 유행이던 시절 노루처럼 뛰어다녔다

아마란스

메마른 땅에서 왔죠
세탁실에 갇혀 지내며
목이 타고 입술 부르트는 사랑을 갈구합니다

비처럼
어쩔 수 없는 절룩거림처럼
당신은 가끔 다녀갈 뿐이죠

손잡아주지 않는 당신으로부터
우리를 베어내던 순간이 있었어요
물소리를 부정하며 비옥해지기를 간절히 바랐죠

그러나 세탁실
세제 옆 구석에 웅크린 채
잎과 줄기가 탐하는 먼 대륙의 고산지를 넘겨다보죠

아마란스,
붉은 기가 돌아 온몸 간지러운

할매 권법

할매는 딸기 몇 개를 한 번에 훑는다
봄이 지나면
무릎과 허리가 꺾이는 대로
두둑과 고랑은 분명해지고
열매는 더욱 단단해지고
할매는 귀가 닫혀 말을 모르는데
내일 또 내일
머위도 쑥도 사라져
모두 떠나고
남은 허공에 대고
혼자 휘두르는 딸기 권법

개는 여전히 개의 밤을 보내요

어두운 영혼은
딸기와는 좀 다른 말

그냥 둬야 한다는 말을 그냥 둘 수 없어
파고들 흠 한 점 없는데도
꽃 피고 열매 맺고 질 줄 모르는
딸기 공장에 갔죠

차양에 잘린 바람이 딸기를 붉히는 곳을요

다 시들어버리면 좋겠다는
생각을 따는 것 같아서
병이 든 게 아닐까 딸기를 의심하면서

처음이 어디부터인지 알 수 없어요
하우스와 하우스, 베드와 배지와 첨가제까지
텅 빈 몰골이 되어갔는지도 몰라요

수확하고

포장하고
배송하는 밤의 컨테이너를 맴돌기도 해요
녹슨 쇳조각 같던 달이
살 올라 폭신한 보름달

울음이 아예 없었다고는 못 해요
아니라 아니라 해도 밤은 길고 문은 닫히고
봄엔 딸기가 속한 봄날이 익어가고

익모초

열이 많다 하여
여름내 근처에도 못 오게 했다

당신은 말도 잘 듣지

자리도 띄워 앉고
손도 잡지 않는다

바덴바덴에서의 여름* 속 도스토예프스키의 사랑을 읽
는다
그의 아내가 악처라 한 소문은 어디 가고
이토록

그럼 당신과 나는 참 알 수 없는 일

펄펄 끓게 더운 날
익모초를 우리고

나는 당신을 고백한다

당신은 이제 나를 고백하지 않는다

* 레오니드 치프킨 저, 이장욱 옮김, 『바덴바덴에서의 여름』, 민음사.

4부

너는 특별하단다*

친구에게 오래전 동화를 돌려주었어

한때의 우리는 이야기로 무릎을 키워 플란넬 치마로 공을 차올리고 복도를 뛰어 운동장으로 내달렸는데

그래도 지금 이 순간만은 코로 들이쉬고 입으로 내쉬며 얕은 물속에서 헤엄치는 지느러미를 유심히 본다 테이블 건너 마주한 눈이 벌게진다 내일은 출근을 해야 하고

돌아서면 이야기는 이야기로 돌아가 자리에 주저앉는다

한 달 후면 월급을 받고 월세를 내야 하고 명절이면 조미김 세트를 준비하며 어디에 둘지 모를 문장들을 모아둔 서랍을 닫는다

동화의 장면처럼 오늘도 살아 있어 존재만으로 빛난다는 말, 그런 세상이 벌써 믿어지지 않는다

냄새나는 도랑을 건너 팥죽색으로 흘러갈 때 어디에 도

착할지 몰라 캄캄한 우리

어긋난 선 속에서 멀리서 보면 우리의 얼굴은 창백한 점

빛나본 적 없다

폐업 직전의 젊은 직원은 손님을 그냥 보내지 않으려
노래의 첫 소절을 부른다

여기 사람 있어요** 결론을 찢고*** 막 태어나려는 사람
이 있어요 말을 더듬는다

* 댄스 루케이도(글), 마르티네즈(그림), 아기장수의 날개(옮긴이), 『너는
  특별하단다』(고슴도치)에서 제목 빌려옴.
** 안미선, 김순천, 연정, 조혜원, 김일숙, 자그니, 김형석, 라흐쉬나, 박
  해성, 이호연, 이선옥, 강곤, 도루피, 장일호(지은이), 『여기 사람이 있
  다』(삶창)에서 제목 빌려옴.
*** 안미린, 『빛이 아닌 결론을 찢는』(민음사)에서 제목의 일부 빌려옴.

우리는 사람이고

어두운 지하 서점으로 내려갔어
유령문학*이라는 말을 알게 됐어

등 돌린 얼굴을 잘 보살피기 위해서
유령에게 이름을 붙여줬지

오늘은 비가 내리고
비를 맞으며 동료들과 일을 해야 하고
우산은 한 개
어깨가 조금 포개진다
말 걸어와 마주쳐도 놀라지 않기

셔터를 내린 날에는
당근을 심고 동부콩 줄기를 잡아주면
이가 자라고 윤기 흐르는 일이 생겨나기를

지하 서점에서 펼친 문장은
아픈 영혼이 꺼내지 못한 용기
조현병 앓는 사람을 유령이라고 부르고 있다는 걸 알게

됐어

병을 앓는 마음이 리듬을 타고 퐁당퐁당 건너가도록
떨고 있는 어깨를 감싸주었어

검은 돌 건너면
다시 검은 돌
....

두 손 꼭 잡은 기도는
지하에서 올라와 위층에서 숨 쉬어보는 일

우리는 사람이고
병을 앓고

사람이어야 하니까

* 『릿터』(민음사, 2023년 8.9월호)에서.

실업

목재 계단을 오르며 너를 생각한다
애써 걸으려는 네게서 삐거덕 소리가 난다

실패하는 일상은 우리를 실험하고야 만다

아무 결과가 없어도
우리의 사랑은 계속 고백되는가

너는 일생을 다해 무너지고
겨우 낸 가지들은 꺾이어 묻히고
다시 걸으려 내딛는다

지속적 고용은 가능한가 묻는 밤
밑이 보이지 않는다

그럴 때마다 물에서 자라는 화병의 세계
물이 전부이고 물이 있으면
잎이 자라는 길을 만들고

화병에게 나는 누구인지 묻는다
모르는 길이 지워지느라 손금이 어지럽다
물을 주다 멈추면 어떻게 살아남는지 실험하는 자가 되
고 싶지 않아

끝끝내 묻는다
일할 수 있는 권리에 대해

애완의 탄생

번식장 안에는 새로운 노동이 탄생한다

생명이 아닌 척 무감하고 적당히 바보 같기
하라는 대로 해보는 충직도

인형처럼 필요한 때만 목 가다듬어 짖기
간식에 말 잘 듣는 척하기

화약 냄새는 모르지만 빵! 시늉에 미리 쓰러지기
바로 일어나 한 바퀴 빙글 제자리에서 돌기

알러지 유발 성질을 잘 감추어
없는 듯 살아내기

종일 갇혀 있어도 플라스틱 인형처럼 깜박이며 앉아 있기

주인이 오면 꼬리를 좌우로 흔들다 엉덩이까지 흔들기
불안증세와 주의 집중력 향상을 위해 준비한 약 잘 받
아먹기

새로운 애완노동은 오늘도 계속 탄생한다

비계공

건물을 계획하는 그들은
계단을 아래에서 위로
하나씩 끌어올린다
박자와 리듬이 정교하게 연결된다

기낭을 채우고 가볍게 날아갈 안전화 위로
떨어지는 공중을 건넌다

다지는 발판 위에서
콘크리트 건물로 피어나려 할 때
비계공은 높이 날아오른다

누가 치웠는지 모르는 계단
한 번 놓친 박자로
그가 들어선 하늘은 한 뼘 넓어져
여태 만나지 못한 배경으로
파이프의 구획을 넘나든다

힘겨운 사랑을 바란 표정으로

바닥에서 쇠망치처럼 식고 있다

손바닥 단풍이 위로부터 내려와
한 장씩 얼굴을 덮는다

도시 관할구역으로 잠시 보호받는다

펭귄이 그려진 패턴의 패브릭 받침

백화점 로비, 지독한 일이 일어났다

목선을 시원하게 드러낸 사람들이 찔린 마음을 감춘 채
빵을 찢고 뜯는다

각진 얼음은 칼날이었다가
시간이 지나 녹는 물이 되었다

전면 유리창은 눈앞에서 벌어진 일을 잊은 체한다

지하에 거짓말처럼 담비가 나타났다
작은 몸집이 매끈하게 우리를 따돌린다

알아차린 개가 뒤쫓을 때는 이미 사라진 후

담비가 아파트 근처에서 새끼를 낳아 사는 일은
이번 사건과 다른 일

오늘은 사라진 담비의 풍성한 꼬리만 기억한다

얼음 잔을 받친 펭귄이 그려진 패브릭 받침 위에 마음
을 쏟는다

불안을 넘어가는 무늬는
어떤 패턴으로 출렁이는지
어떻게 서로 연결되어
삶의 단면을 만들어내는지

매일 일어나는 일의 패턴을 이해할 수 있다면
패브릭 받침은 얼음이 흘린 눈물을 흡수할 수 있을까

눈 뜨지 않는 물고기

선착장으로부터 불어오는 바람에
저녁을 맡긴다

물 빠지는 소리가 지구 밖으로 돌아나간다

열면 닫히고
닫히면 영원히 열리지 않는 문

묵묵부답에 대해 질문한다

방 내부를 데우는 소리를 지구의 소리로 듣고야 만다

먹고사는 일에서 미끄러진 사람들
그들의 무릎은 아침저녁으로 들여다보는 누런 잎을 닮
았다

영하의 창밖을 내다본다
뜨거운 물 한 잔의 더운 김이 보인다

보이지 않던 것들이 드러나는 겨울은
보일러 걱정을 하며

화분이 먹고 난 물이 지구를 돌아 다시 컵 안으로 돌아
온다

중력을 이해하려 애쓰고
중력 위에 사는 것
눈뜨지 않는 물고기가 되는 꿈을 밀어 넣는 밤

화분에 며칠간 받아둔 물을 천천히 부어준다

빛의 침투

멱으로 번쩍 쏟아져 들어오는 빛, 뜨거운 주문, 김 오르
는 내장이 밖으로 쏟아져 눈을 뜬다

되찾은 리추얼의 힘

김학중
시인

오늘날 시는 고유한 언어의 거주지를 상실했다. 시적 리듬은 아름다움의 감각으로 미끄러져 들어가며, 이러한 미적 언어 표현은 시를 마주하는 모든 주체들에게 미의 매끄러움을 소비하도록 이끈다. 그런 까닭에 매끄러움의 언어 표현들은 더 이상 시적 언어를 언어의 거주지로 이끌지 못한다. 시는 이제 미적 상품이며 취향에 따른 장식품으로 전락한다. 이렇게 상품으로 전락한 시들은 우리를 풍요롭게 하는 대신 우리를 빈곤하게 한다.

우리가 마주한 이러한 위기는 시적 언어가 가진 '리추얼'이 상실되었기 때문에 나타난 것이다. '리추얼'은 상징 행위이다. 시적 언어는 근본적으로 상징의 반복을 통해 리듬을 확장하는 언어다. 여기서 상징이란 단순히 시적 표현 방식에서 말하는 상징으로 환원되지 않는다. 시적 언어를 통해 이러한 시적 언어를 알아보는 시적 여정을 통과해 과거를 현재화하고 미래를 현재화하는 것을 말한다.

상징은 시적 언어를 다루는 시인을 통해 '지속'—앙리 베르크손은 시간을 계량적 시간으로 보지 않고 주관적 시간으로 이해한다. 그렇게 시간은 주관 속에서 '지속'되며 여러 경험들을 유기적으로 재구성할 수 있게 한다. '지속'의 주관적 시간이자 주체의 거주 시간이 된다.—되며, 이러한 주관적 시간을 경유하여 비로소 도달한 시적 영토에서 자신이 지닌 언어와 짝을 이루는 언어를 찾아내는 것을 말한다. '지속'의 시적 사유를 통해서 비로소 시인이 알아본 상징은 시인에게 '다시 알아보기'로 인식된다.

'다시 알아보기'는 새롭게 찾은 것이 아니라 되찾은 것을 말한다. 마르셀 프루스트가 무의지적 기억을 통해서 『잃어버린 시간을 찾아서』의 여정을 떠나 마주하게 된 것이 '되찾은 낙원'인 이유가 여기에 있다. 하이데거가 "언어는 존재의 집이다"라고 말하고 그러한 '고향'을 찾아가는 여정을 '회귀'라고 한 것도 같은 맥락이다. 하이데거는

휠덜린의 시 독해에서 '고향'을 찾아가는 방랑자의 여정이 지닌 근본적 지향성이 이러한 '회귀'를 위함임을 밝혀냈다. 이러한 '되찾음'의 시적 여정 속에서 시인은 자신의 시적 언어가 획득한 상징을 통해 시간을 집으로 만든다. 다시 알아봄을 획득한 시적 언어는 이렇게 언어의 거주처가 된다. 이를 가능하게 하는 것이 리추얼이다.

한병철은 '리추얼'을 삶을 안정화하는 것이라 말한다. '리추얼'은 '제의 행위'인데, 시간을 축제와 절기, 명절의 리듬으로 만든다. '리추얼'은 상징을 되찾는 리듬의 제의다. 시가 시간을 리듬으로 짜내고 그 리듬을 언어의 거주처로 안정화시키는 것을 의미한다고 할 수 있다. 되찾음의 반복은 리듬이 되어 어둠을 꿰뚫고 과거와 현재를 마주하게 하며, 현재 또한 미래와 연결짓는다. 시간은 현재화된다. 시간의 현재화는 시 안에 삶의 지평을 연다. 이렇게 시는 삶을 되찾는 풍성한 여정으로 열매 맺는다. 문제는 이러한 리추얼이 현대의 시적 지평에서 추방되고 그 추방으로 인해 상실되었다는 것이다. 더 나아가 '리추얼'을 회복시켜야 하는 시인들이 '리추얼'을 잃어버렸다. 시인들이 각자의 리듬을 통해 '리추얼'의 되찾음을 향해 나아가지 않는 것이다. 이러한 시의 위기 속에서 자신의 시의 중심에 리추얼을 둔 시인이 나타났다.

2010년 『시평』으로 등단한 이래 꾸준히 활동해온 박현주 시인의 첫 시집 『당분간 사과』는 시적 영토에서 '리추얼'의 회복을 노래하는 시들로 가득하다. 먼저 '리추얼'을 회복하기 위해 박현주는 우리의 일상 속에서 끝없이 미끄러지며 우리를 정주불가능하게 하는 신자유주의 시대의 평범한 주체들을 등장시킨다. 그들은 소비의 미끄러짐 속에서 자신들에게 일어난 일을 금세 잊는다. "백화점 로비, 지독한 일이 일어났다// 목선을 시원하게 드러낸 사람들이 찔린 마음을 감춘 채/ 빵을 찢고 뜯는다// 각진 얼음은 칼날이었다가/ 시간이 지나 녹는 물이 되었다// 전면 유리창은 눈앞에서 벌어진 일을 잊은 체한다"(「펭귄이 그려진 패턴의 패브릭 받침」) 이러한 잊힘은 기억의 상실을 드러낸다. 소비는 소비한 것을 기억하지 못한다. 그로 인해 주체들은 주체 자신마저 자신의 거주처로 인지하지 못한다. 희박한 주체의 감각은 "그날 나는 거품 같은 옷 몇 벌을/ 일 년 치 옷값으로" 사도록 이끈다. 그러나 이러한 소비는 오히려 주체의 곤궁을 드러낼 뿐이다. "펼쳐보니 입을 건/ 누추한 한 사람"(「폭염의 여름과 오지도 않을 겨울이」)인 주체 자신을 발견하기 때문이다. 이러한 주체의 곤궁에 맞서 박현주는 '리추얼'의 회복을 노래한다.

이러한 회복을 가능하게 하는 시적 지평을 박현주는 자연물과 여자들의 시간에서 찾는다. 자연물과 여자는 박현주의 시적 영토에서 친연하다. 이들은 주체의 거주지를 회복하는 오랜 가계를 지녔다. 이들은 오랜 기간 서로 침투하고 연대한 관계를 통해 주체의 시적 영토 속에서 늘 되찾을 수 있는 시적 언어의 거주지를 이어온 시적 가계를 지니고 있다. 박현주는 이 비가시적인 가계를 회복하기 위한 시적 호명을 통해 '리추얼'을 회복하는 행위를 시도한다. 이 회복은 돌아오는 것이며 그 돌아옴을 통해 되찾는 것이다. 먼저 박현주가 '리추얼'의 회복을 되찾는 자연물을 노래한 시부터 살펴보고 이것이 어떻게 여성적인 것과 연관을 맺으며 '리추얼'을 통해 우리를 회복시키는지 살펴보겠다.

젖은 몸이 번뜩인다고
했다 보름달이 뜨면

고로와 냉각수를 오가는 칼처럼 운다고
했다 마침내 한 자루의 날랜 빛이 된다고

그들은 조류를 타고
만 리 길을 돌아올 거라 했다
달이 뜨는 순간 수직으로 뛰어올라
물속으로 달을 물고 들 거대한 원시의 아가리

어부들이 죄다 몰려든 바다엔
파도의 모서리를 더듬는 손끝으로 가득하고
바다는 온몸을 바르르, 요동친다

오래도록 훔쳐보다 눈 코 입 다 지운
몽돌들이 온몸으로 구르며 울고

흰 거품의 파도

민어다

사실 민어는 태양이 놓아기르는 그림자
뚫어져라 태양을 노려보면 그 겨드랑이 안쪽
아가미의 흔적이 남아 있다
―「민어가 온다」부분

이 시에서 시적 주체는 민어의 회귀를 노래한다. 주체
는 민어를 '칼'에 빗댄다. 이는 생명력이 활기를 벼르면
서 그 생명력을 날카롭게 드러내는 것을 나타낸다. 그러
한 민어를 드러내는 빛은 보름달의 빛이다. 그 빛을 받으
며 민어는 빛난다. 철을 연단하는 "고로"와 "냉각수"를 오
가며 "날랜 빛"이 된 민어는 "달이 뜨는 순간 수직으로 뛰
어올라/ 물속으로 달을 물고 들 거대한 원시의 아가리"가
된다. 그것은 원시부터 지금까지 시간의 조류를 타고 현
재로 회귀해온다. 그 회귀는 생명력의 회복이다. "어부들

이 죄다 몰려"든 이유는 "바다"에 넘치는 민어의 생명력에 매료되었기 때문이다. 놀라운 점은 주체가 민어의 상징을 시적 언어를 통해 되찾고 있는 부분이다. "민어는 태양이 놓아기르는 그림자/ 뚫어져라 태양을 노려보면 그 겨드랑이 안쪽/ 아가미의 흔적이 남아 있다"라고 노래하는 부분이 그것이다. 여기서 민어의 생명력은 상징을 되찾는 힘으로 역동한다. 주체는 이를 통해 세계 속에서 생명이 호흡하는 거주처를 되찾는다. 이때 민어의 회귀는 '리추얼'의 회복을 상징한다. 이 되찾음은 강렬한 회복이라 주기적인 '리추얼'의 특성을 환기하면서도 순간으로도 환기된다. "먹으로 번쩍 쏟아져 들어오는 빛, 뜨거운 주문, 김 오르는 내장이 밖으로 쏟아져 눈을"(「빛의 침투」) 뜨는 것이다.

'리추얼'의 회복을 통해 시간은 경과하지 않고 지속적으로 되돌아온다. 이때 시간은 상하지 않고 현대의 기계적 시간의 컨베이어를 경유하고도 상실되지 않는다. 쉽게 상할 수 있는 열매의 성질을 가진 주기적 시간임에도 불구하고 다시 익어가는 시간의 신비를 주체는 마주하게 된다. 이는 '리추얼'이 어떻게 소비의 세계 속에서 힘을 잃지 않고 되찾아지는지 암시하는 시를 통해 우리 앞에 현시된다.

어두운 영혼은
딸기와는 좀 다른 말

그냥 둬야 한다는 말을 그냥 둘 수 없어
파고들 흠 한 점 없는데도
꽃 피고 열매 맺고 질 줄 모르는
딸기 공장에 갔죠

차양에 잘린 바람이 딸기를 붉히는 곳을요

다 시들어버리면 좋겠다는
생각을 따는 것 같아서
병이 든 게 아닐까 딸기를 의심하면서

처음이 어디부터인지 알 수 없어요
하우스와 하우스, 베드와 배지와 첨가제까지
텅 빈 몰골이 되어갔는지도 몰라요

수확하고
포장하고
배송하는 밤의 컨테이너를 맴돌기도 해요
녹슨 쇳조각 같던 달이
살 올라 폭신한 보름달

울음이 아예 없었다고는 못 해요
아니라 아니라 해도 밤은 길고 문은 닫히고
봄엔 딸기가 속한 봄날이 익어가고
　—「개는 여전히 개의 밤을 보내요」 전문

　이 시에서 주체는 "어두운 영혼"과 "딸기"는 다르다고
말한다. 여기서 "어두운 영혼"은 열매인 딸기와 대비되는
말이다. "어두운 영혼"은 주체의 내부이며, 모든 것이 상
품으로 소비되는 세계의 주체이다. "열매"는 가만히 두
어도 풍성한 것이나 그러한 풍성함을 소비 주체는 그대
로 두지 못한다. 그러기에 "흙 한 점 없는데도/ 꽃 피고 열
매 맺고 질 줄 모르는/ 딸기 공장"을 짓는다. 지속적인 소
비를 가능하게 하는 풍요를 만들기 위해 "하우스"를 만
든다. 그러나 이러한 "하우스"는 풍요가 익어가는 장소는
아니다.
　놀라운 것은 열매의 거주지가 아닌 곳에서도 "딸기"는
잘 익어간다. "수확하고/ 포장하고/ 배송하는 밤의 컨테
이너를 맴돌기" 하는 생산의 장소가 된다. 소비의 미끄러
짐에 의해 "딸기"는 상품으로 전락하지만 신비롭게도 풍
요를 빼앗기지 않는다. "봄엔 딸기가 속한 봄날이 익어가"
기 때문이다. 자연이 내적으로 지닌 주기적인 힘은 우리
가 열매를 상품으로 만들어도 "녹슨 쇳조각 같던 달이/

살 올라 폭신한 보름달"이 뜨는 것처럼 언제나 우리 앞에 풍요로 되돌아온다. 주체의 "텅 빈 몰골"과는 달리 말이다. '리추얼'을 가능하게 세계 그 자체는 언제나 우리가 회귀할 수 있는 풍요의 품을 가지고 있다. 우리가 여전히 '리추얼'을 통해 풍요의 거주지를 향해 나갈 수 있는 이유가 여기에 있다. 이럴 때 시간은 경과하지 않고 우리 안에서 '지속'한다. '지속'이 우리를 '리추얼'로 인도하는 것이다.

냉장고를 들어내자
두 팔 든 한 사람이 거기 있었죠

얼마나 오래 머물렀을까
두 팔은 공중에서 내려오지 않아요

눈은 분명한데 입 근처가 뭉개져
말할 수 없는 입
왜 그러고 있나요 묻지 않아요

그는 오래도록 먼지와 어둠만 먹으며 지내온 사람

과즙의 붉은 물이 낭자한 식탁을 지켜봤어요
그곳에서 오래 자세를 유지했죠
냉장고를 들어내던 사람이 말했어요

그는 연기를 좋아했다고
뜨거운 열기 속에서 캄캄해지기를 갈망했다고

사람이면서
사람 아닌 사람의 모습

지워도 지워지지 않아요
냉장고를 치우고

한 사람을
얻었죠
— 「그렇게 오랫동안」 전문

　이 시의 주체는 냉장고 뒤에서 사람의 형상을 발견한
다. 주체와 냉장고를 들어낸 사람이 발견한 "두 팔 든 한
사람"이 그것이다. "사람이면서/ 사람 아닌 사람의 모습"
이 겹쳐진 형상은 기괴해 보인다. "눈은 분명한데 입 근처
가 뭉개져/ 말할 수 없는 입"을 가졌고, 그 입으로 "오래
도록 먼지와 어둠만 먹"으며 있었다. 그것은 주체의 그림
자이며 주체가 상실한 인간의 형상이다. "냉장고"라는 소
비의 기계 속에서 풍요를 소비하는 상품으로 저장해놓고

"과즙의 붉은 물이 낭자한 식탁"을 차렸던 주체를 지켜보던 "어둠"이다. 물론 이 "어둠"은 앞서 살펴본 "어두운 영혼"의 동일한 버전이다. 흥미로운 것은 주체가 이 "어둠"을 "한 사람"으로 긍정한다는 점이다. 이는 주체가 "냉장고"를 치우고 얻어낸 주체이기 때문이다. 그는 "어둠"을 먹고 생성되었지만 "어둠"에 잠식되지 않았다. 소비적인 말들의 세계에서 침묵하면서 말의 근원적 질문의 지점을 가리키며 "두 팔을 든 한 사람"으로 우리 앞에 나타났다. 그런 점에서 "한 사람"은 주체 안에서 '지속'된 주체로 소비 주체가 잃어버렸다고 생각한 "사람" 그 자체다.

그 주체는 '리추얼'을 불러오는 "연기를 좋아"한다. 여기서 "연기"는 시간을 점유하는 언어다. 그것은 시간을 가시화하며 우리가 그 시간 안에 정주할 수 있도록 이끄는 힘이다. 한병철은 『시간의 향기』에서 주체가 향을 피우는 행위가 지닌 의미가 바로 여기에 있다고 언급한 바 있다. 그런 점에서 시간이 정주할 수 있는 "연기"를 피우는 일은 '리추얼'을 회복하는 행위와 연결된다. 이렇게 주체는 자신을 되찾는다. 이때의 주체는 박현주에게 여성적 주체이다.

주체의 여성성은 자연의 풍요를 발견해내고 그것을 축적하는 능력을 보여준다. 그러한 주체는 폭력적 세계로 인해 파괴된 자연이 회복하고 풍요의 질서를 낳는 시간을 포착해낸다. "하늘에는 섬광/ 거대한 숟가락으로 떠낸 것 같은 무수한 물웅덩이// 물이 불어 잠기는 악몽 속으로/

공원이 생겨나고// 강에는 입이 큰 잉어가 흐름을 따라 흐”(「히로시마」)르는 시간을 우리 앞에 도래시킨다. 이 회복은 종종 “빙벽”과 같은 것에 막히거나 “극야”와 같은 고난의 시기를 감내하라고 요구하지만 “꺼진 불씨를 들고/빙하를 건너는 여자”와 같은 주체는 결국 우리 앞에 풍성한 영혼의 모습으로 도래한다. 그러기에 “네 무덤에 돋은 풀의 목소리이자 나의 은유”(「식물 채집하는 여자」)라고 주체는 노래하는 것이다. 여기서 여자가 채집하는 식물은 자연의 주기적 풍요를 담지한 사물이다.

자연의 주기는 회복의 힘이다. 이는 풍요를 환기한다. 그 힘은 주체에게 풍요를 되찾는 축제인 ‘리추얼’을 감내하도록 이끈다. 그로 인해 풍요는 그 외관과 무관하게 주체에게 풍요의 시간으로 돌아온다. 주체가 거주할 수 있는 통로이자 시간으로 온다. 이러한 시간은 “사과에 이르는 통로”이며 “흠집”에서 찾는 “꽃다발”과 같은 순간으로 오며 주체는 이를 ‘지속’하면서 “흠과”를 쌓는 ‘리추얼’을 행한다.

흠과는 차곡차곡 쌓이고

늦여름 사과나무
시달릴수록

무너진다 사과에 이르는 통로가 생긴다

사과를 줍는 일은 묻어둔 땅을 도려내는 일
지친 손가락이 사과를 앓는다

둥근 것들의 세계 안쪽
거친 흠집에서 꽃다발 같은 순간을 수거한다
―「당분간 사과」 부분

이 시에서 주체는 "흠과"에 주목한다. "흠과"는 소비적
세계에서는 아무런 의미가 없는 열매이다. 그러나 주체에
게 "흠과"는 "사과" 그 자체가 환기하는 풍요를 품고 있
다. 주체는 "흠과"인 "사과"를 주우면서 그것을 길러낸
"땅"을 도려낸다. 이는 주체가 풍요를 환기한 "흠"을 땅에
게 돌려주는 행위다. 이 '리추얼'을 통해 "사과를 앓는" 손
은 "둥근 것들의 세계 안쪽/ 거친 흠집에서 꽃다발 같은
순간을 수거"한다. 여기서 "둥근 세계"는 "사과"와 "흙"
양쪽에 있는 둥긂이며, 서로의 "안쪽"이다. 그 안에서 풍
요의 상징을 발견하고 연결한다.

물론 여기서 상징은 되찾은 이미지이다. 주체는 '리추
얼'을 통해 회복과 풍요의 이미지인 '둥긂'을 우리 앞에

현시한다. 그리고 이 '둥긂'은 여성적인 것의 근원이다. 그 것은 풍요를 여는 "문"이다. 박현주는 이 "문"을 간절히 열어야 열리는 어떤 것으로 노래한다. 왜냐하면 "벌판에 아름다운 꽃이 피는데/ 가꾸어줄 사람이 없어서 꽃"이 지고 있기 때문이다. 풍요를 가꾸고 '리추얼'을 수행할 주체가 부재했기 때문이다. 그러나 간절함을 가진 주체는 "거친 광야의 가시엉겅퀴/ 그 붉고 진한 꽃 위에/ 당신의 피"를 본다. 풍요는 간절함 속에서 발견된다. 이 풍요의 피는 오랜 시간 축적된 것이다. 또한 이 피의 연대기는 '둥긂'을 지니고 있다. 그것은 풍요를 낳는 피이다. 그리하여 "광야의 흐려진 지도 위에 붉은 핏방울이/ 둥근 원을 그리며 모여"(「서랍에 넣다」)든다고 노래할 수 있는 것이다. 피는 생명을 낳고 길러내 이 땅을 회복시키기 때문이다. 바로 이 회복의 주체가 여성이다. '리추얼'은 여성 주체를 통해서 다시 우리를 풍요로 인도한다. 그것은 '둥긂'을 던지고, 널고, 퍼뜨려 풍요를 확장하는 행위로 이어진다. 이것이 박현주가 시적 언어를 경유하여 우리 앞에 회복시키는 '리추얼'이다.

브래지어를 벗어던지며
우린 웃음을 터트린다 남해의 끝 방에서
문을 잠그고

가슴으로부터 자라 바다 쪽으로 간절히 열리는 문이 된다
속박 없는 상류로 걸어간다
해안 절벽 위 색색의 실이 이어져 있고

곧 둥근 신전이 떠오를 것이다
여자는 피의 종족이며 끝방

태생적으로 노을이 차오른다

쌓인 녹을 털어내 가벼워진 브래지어를 지붕 위에 넌다
붉게 저민 노을이 해일처럼 밀려와
신성으로 차오르는 여자를 열어젖힌다

소리 내어 부른 적 없지만
그녀는 나보다 둥글고 붉어서 언니
올려다보아야만 보이는 나의 언니

양배춧국이 놓인 저녁
차차차 리듬에 맞춰 양팔을 높이 들고 보름달을 부른다
바다를 덮는 춤으로

원뿔의 유방 속 여린 동물을
버리고 간다

오랜 우리의 언니들에게

— 「언니들에게」 전문

이 시의 주체는 피의 연대기를 경유해 자신이 회복시키는 풍요의 주체의 이름을 부른다. 그 이름은 "언니"이다. "언니"는 주체에게 단수가 아니라 이름 모를 '둥긂'을 도래시킨 주체들이다. 이들은 여러 다른 이름을 지닌 주체이며 여러 다른 겹을 지닌 시간들이다. 그러기에 그 모두를 불러 "언니들"이라 한다.

이때 주체가 "언니들"을 불러내는 '리추얼'은 "브래지어를 벗어던지"는 행위이다. 이를 통해 주체는 자기 내부에 있는 풍요의 '둥긂'을 불러낸다. "웃음을 터트리"며 "문을 잠그"고 "가슴으로부터 자라 바다 쪽으로 간절히 열리는 문이 된"다. 이 '리추얼'을 통해 주체는 "언니들"과 더불어 "우리"가 된다. 이를 통해 주체는 "속박 없는 상류"로 올라가 지금까지 '지속'된 풍요의 지평을 지금 여기에 들여놓는다. 그 풍요는 "여자"를 회복시킨다. 주체는 '리추얼'을 통해 "여자는 피의 종족이며 끝방"이었음을 마주한다. 동시에 "피의 종족"인 "여자"는 끝에서 미래를 이끌어낸 주체임을 마주한다. 그리하여 "신성으로 차오르는 여자를 열어젖힌"다고 노래할 수 있는 것이다. 이 회복과 되찾음은 주체로 하여금 '리추얼'을 풍성하게 하는 춤을 춤추게 한다. "바다를 덮는 춤"이 그것이다. 이 춤은 물론 "언니들"의 춤이며, 자연의 춤이다. 우리는 이 춤을 통해 풍요의 핏줄을 되찾고 주체가 이 세계에 거주할 수 있는 리듬을 회복할 것이다. 시는 이 회복을 축복하는 노래이다.

박현주는 첫 시집에서 이러한 '리추얼'의 회복을 노래했다. 이 회복은 상징적인 춤이며, 그 춤의 상징적인 리듬이다. 이 리듬은 우리가 사는 세계 속에서 우리가 정주할 시간을 '지속'시킨다. 자연적인 것들은 세계를 우리와 피로 엮는 사물들이며 우리의 삶에 의미를 부여해주는 열매들이다. 지금 여기는 이러한 풍요의 열매를 시장으로 은폐하고 있다. 이 은폐는 너무도 강력한 것이어서 풍요의 회복을 시도하는 '리추얼'을 무의미하고 무가치한 것으로 보이게 하고 있다. '리추얼'은 셈되지 않는 것이고 화폐로 치환되지 않는 것이다. 그것은 단지 생명이 생명이게끔 하는 생명력을 회복시켜주는 힘이며, 그 생명에 거주하도록 이끄는 힘이다. 그 힘은 상품이 되지 못하는 것이고 비가시적이며 불투명한 것이다. 그러기에 '리추얼'은 시적 언어의 세계에서도 추방되어왔다. 박현주는 이러한 '리추얼'에 감응하고 우리 앞에 그것을 회복시키는 것이 다름 아닌 시적인 언어이며, 시적 힘임을 보여주고자 시도하고 있다. 박현주의 시는 되찾은 '리추얼'의 힘을 노래하는 리듬이다. 이 리듬은 우리를 살게 이끌고 삶을 회복시켜주며, 삶을 촉발시키는 힘이다. 우리가 박현주의 시적 언어가 지닌 깊은 울림에 귀를 기울여보아야 하는 이유는 바로 여기에 있다.

달아실시선 89

당분간 사과

1판 1쇄 발행	2025년 3월 21일

지은이	박현주
발행인	윤미소
발행처	(주)달아실출판사

책임편집	박제영
기획위원	박정대, 이홍섭, 전윤호
편집위원	김선순, 이나래
디자인	전부다
법률자문	김용진, 이종진

주소	강원도 춘천시 춘천로 257, 2층
전화	033-241-7661
팩스	033-241-7662
이메일	dalasilmoongo@naver.com
출판등록	2016년 12월 30일 제494호

ⓒ 박현주, 2025
ISBN 979-11-7207-046-5 03810